Herta Steiner – Schön, daß es Dich gibt

Freude, Friede, Harmonie und Liebe
sind das Licht der neuen Zeit,
werde Du zum Fackelträger,
zeige Dich bereit!

Herta Steiner

Du bist, ganz fraglos, wichtig

Schön daß es Dich gibt

8. Auflage

UNIPRESS Verlag Salzburg

ISBN 3-85419-121-9

A-5020 Salzburg, Dr. Petterstraße 18
www.herta-steiner.at.

Druck: Druckerei Roser, Salzburg-Mayrwies

Vorwort zur dritten Auflage

Unendlich groß ist meine Freude und grenzenlos meine Dankbarkeit all denen gegenüber, die diesen kleinen Gedichtband selbst besitzen und ihn auch immer wieder an Freunde, Bekannte, an geliebte Menschen, weiterschenken.

Dank an alle die es wagen,
Liebe in die Welt zu tragen,
Dank an alle die es wagen,
einem anderen zu sagen:
"Schön, daß es Dich gibt!"

In herzlicher Verbundenheit und Liebe

Ihre Herta Steiner

Vorwort zur vierten Auflage

Alles was Du liebend schenkst,
gibt der Harmonie Gewicht!
Alles was Du Gutes denkst,
führt Dich hin zum Licht!
Liebe, Friede, Harmonie
wird Dein Herz so spüren,
Freude wird die Schritte
Deines Daseins führen.
Licht und Liebe, Kraft und Mut,
sind so Deiner Seele Gut!

In Liebe und Verbundenheit

Ihre Herta Steiner

VORWORT

Es gibt vieles im Leben das man nicht erklären kann, das man nicht versteht, warum es so ist und nicht anders und trotzdem hat alles einen Sinn, gibt es keinen Zufall!

Ich für meinen Teil kann mir z.B. nicht erklären, warum ich begann – wirklich aus heiterem Himmel – Gedichte zu schreiben. Immerhin war ich bereits 45 Jahre geworden, ehe ich meine erste Zeile schrieb und das auch nicht, weil ich es wollte oder mir vornahm, nein, im Gegenteil, ich hatte nicht einen einzigen Gedanken in diese Richtung. Trotzdem geschah es eines Abends, daß mir, vollkommen aus dem Blauen kommend, ein Satz durch mein Gehirn "zuckte" und zwar der Satz: "Wach auf, wach auf o lieber Freund und laß das Licht herein ins Leben."

Dieser Gedanke, dieser Satz gefiel mir so gut, daß ich das unbedingte Gefühl hatte: halte ihn fest, schreib ihn nieder, sonst entfällt er dir wieder. Also setzte ich mich hin und schrieb den Satz auf und schon kam der nächste und wieder einer und ich schrieb einfach was da hereinkam. Ich mußte mich sogar sehr beeilen, weil die Gedanken so rasch einflossen. Ich schrieb ganze 2½ Stunden, die Finger taten mir weh, der Bleistift war bereits stumpf, ihn zu spitzen war keine Zeit und ein

zweiter lag nicht bereit. Ich mußte einfach nur schreiben ohne zu denken – es war ein herrliches Gefühl.
An diesem Abend entstanden vier Gedichte. Meine Überraschung war groß, meine Freude noch größer! Ich hatte das Gefühl getragen zu sein, zum anderen war ich auch verwirrt. Hatte ich doch bislang weder das Bedürfnis Gedichte zu lesen, noch sie zu schreiben.
Nicht einmal einen Zweizeiler brachte ich bis zu diesem Zeitpunkt zu Papier, der sich reimte. Ich bewunderte immer die Menschen, die so aus dem Stegreif, z.B. in ein Gästebuch, Reime schrieben, Gedichte wußten. Der einzige Satz, der mir bei solchen Gelegenheiten immer einfiel war: "Was dem Stier das rote Tuch, ist dem Gast das Gästebuch!"

Und nun hatte ich vier Gedichte geschrieben und alles in Reimform. Verwirrt, fasziniert, ungläubig, aufgeregt und glücklich war ich an diesem Abend.
So ging es dann weiter. Jeder Satz, der mir irgendwie "besonders" erschien, der sozusagen einen besonderen Stellenwert in meinen Gedanken einnahm, wurde zu Papier gebracht und der Rest zu diesem Satz floß mir einfach aus der Feder.
In der Zwischenzeit ist daraus eine Fülle von Gedichten geworden. Weil doch alles einen Sinn hat bin ich heute der Meinung, daß die Gedichte nicht entstanden sind, um in einer Schreibtischlade ihr Dasein zu fristen!

Also habe ich mich entschlossen, meine Gedanken auch anderen mitzuteilen, etwas mit diesen Gedichten zu tun. Das Resultat halten Sie jetzt in der Hand.
Ich wünsche Ihnen damit viel Freude, vielleicht auch Trost, vielleicht auch Mut, vielleicht auch Erkenntnis, vielleicht einen Denkanstoß, Begebenheiten, Geschehnisse anders als bisher zu sehen, zu überdenken.

Meine besten Wünsche begleiten Sie und mit Gottes Segen auf allen Ihren Wegen verbleibe ich in herzlicher Verbundenheit

Ihre Herta Steiner

Damit Sie wissen, wie der erste Satz den ich schrieb zu Ende ging: hier mein erstes Gedicht.

WACH AUF, WACH AUF

Wach auf, wach auf o lieber Freund
und laß das Licht herein ins Leben,
uns hat der Schöpfer hier vereint
und uns den Tag gegeben,
damit wir uns in Freud und Leid,
in Liebe und Gemeinsamkeit,
wirklich und wahrhaft beeilen,
zu nützen die Zeit, die wir hier verweilen.
Unsere Seelen schleifen an Freud' und Glück,
an Krankheit und an Mißgeschick,
damit sodann zur rechten Stund
man nicht sagen muß - mit Grund -
die Zeit ist schlecht genützt geworden!
Drum fange an gleich "heut", nicht morgen,
dem Schöpfer zu danken für das Hier
in Wort und Tat und ohne Zier,
dann kommt das Glück herein ins Leben
und zwar so viel - du kannst es weitergeben.

Es liegt in deiner Hand . . .

Alles liegt in deiner Hand,
du bist der Schöpfer deines "Sein,"
in jedem Augenblick kannst du entscheiden,
welche Richtung schlag ich ein.

Meine Gedichte führen durch die verschiedensten Lebensbereiche, zeigen Situationen auf, in die jeder Mensch in seinem Leben einmal kommen kann. Eigentlich sind es keine Gedichte, sondern mehr Situationsbeschreibungen oder philosophische Gedanken die sich reimen.

Vielleicht sind einige Gedanken oder Hinweise für Sie genau so hilfreich, wie für mich oft ein paar Zeilen in einem Buch hilfreich waren.

Ein paar Zeilen in einem Buch gelesen oder ein paar Worte mit einem Freund gesprochen und sogleich kann eine Situation sich lösen oder von einer anderen Seite betrachtet werden. Wir können unseren Fixpunkt verlassen, einen anderen Standpunkt beziehen, damit eine andere, neue Blickrichtung bekommen und plötzlich lösen sich Knoten. Aus einer Verwicklung kann eine Entwicklung werden, aus einem Problem eine Aufgabe, aus einer Hürde eine Stufe.

Wir machen uns selbst das Leben oft schwer und meinen dann, daß die anderen die Verursacher sind oder gar die Strafe Gottes uns ereilt hat.
Dabei liegt alles in unserer Hand!

Setze mutig deine Taten,
gehe zögernd nie voran,
denn viele Dinge woll'n nicht warten,
sie fordern, daß sie gleich getan.

Die ewige Frage

Was ist das Leben
das uns gegeben,
nach was soll man streben
in diesem Leben?
Fragen die uns bewegen,
die zum Nachdenken anregen,
die uns umfangen
in heißem Verlangen,
das Hiersein so zu gestalten,
die Zeit so zu verwalten,
daß dann, muß man
das Leben wieder geben,
ganz ohne Angst sich kann erheben,
weil Liebe, Güte, Verstehen und Geduld
man in diesem Leben hat geschult.
Ja, vielleicht ist das Leben
nur zu diesem Zweck gegeben!

Du bist, ganz fraglos, wichtig

Du denkst du hättest keinen Wert,
seist klein und arm und nicht begehrt?
Du denkst, wo liegt des Lebens Sinn,
wenn ich doch so ein Garnichts bin?
Und doch ist nichts auf dieser Welt
ohne Bedacht da hingestellt,
wo es gerade jetzt etwas bewirken kann!

Oft sieht man selbst die Wirkung kaum,
die sich erfüllt in Zeit und Raum,
weiß nicht wofür und nicht für wen
es wichtig ist, grad hier zu stehn!
Und doch ist nichts auf dieser Welt
ohne Bedacht da hingestellt,
wo es gerade jetzt etwas bewirken kann!

Drum lieber Mensch verzage nicht,
denk dich nicht klein und unbegehrt,
denk nicht du hättest keinen Wert.
Du bist, ganz fraglos, wertvoll, richtig,
dein Sein im Hier und Jetzt ist wichtig,
du bist mit Grund auf dieser Welt
und mit Bedacht da hingestellt,
wo du gerade jetzt etwas bewirken kannst!

Lebe bewußt

Ich mach mir keine Sorgen
um das kleine bißchen Morgen,
ich lebe jetzt und im Augenblick
und schau auch nicht
auf das Gestern zurück,
denn Gestern, das war und
Morgen kommt vielleicht nicht,
drum fällt das Heute, das Jetzt ins Gewicht,
das Jetzt jedoch und das ist sehr wichtig,
das lebe bewußt!

Übung macht den Meister

Hast du mal einen Fehler gemacht,
hat der Erfolg dir nicht gelacht,
so nimm's nicht schwer, nimm's wie es ist,
weil dich der Ärger sonst auffrißt.

Nimmst du den Fehler als Erfolg zum Schluß,
wird er dir zeigen, wo du besser werden mußt,
sei nicht betroffen, werd trefflicher nur,
dann findet Erfolg auch deine Spur.

KRAFT . . .

Die Kraft, der Funke Gottes
ist in dein Herz gesät,
mit Glaube mußt du gießen,
damit die Saat aufgeht!

Wir haben es in der Hand unser gegenwärtiges Leben weitgehend zu verbessern. Zu verbessern mit und durch die in uns vorhandene, innere göttliche Kraft.

Mit dem Wissen, daß unsere Gedanken eine enorme Kraft sind, sollten wir uns stets auf die innere Harmonie konzentrieren, unserer inneren Kraft vertrauen, deren Entfaltung fördern.

Wir brauchen mehr Glauben in unserem Leben. Glauben an den unendlichen Gott, Glauben an die Kraft in uns und damit auch Glauben an uns selbst, die wir nach Gottes Bild geschaffen sind.

Unsere Gedanken wirken einem Magnet gleich und ziehen, kraft der ihnen verliehenen Stärke das an, worauf wir sie ausgerichtet haben, programmiert haben. Damit möchte ich ausdrücken, daß unsere Gedanken die Bausteine unserer Zukunft sind, so wie wir denken, so muß sich die Zukunft gestalten.

Die universellen Gesetze, die in uns verankert sind, können lediglich als Reaktion auf unsere geistige Einstellung wirken, sich verwirklichen.

Sollten Sie jetzt der Meinung sein, daß man doch "realistisch" sein muß, dann möchte ich zu bedenken geben, daß die Realität keineswegs immer “negativ” sein muß, was aber die meisten Menschen mit “realistisch denken” meinen.

Deine Einstellung zum Leben
gibt den Umständen ihre Kraft,
ist sie negativ - wird sie lähmen,
ist sie positiv - wird alles geschafft.

Denken und Glauben

Hat man einmal eingesehen,
daß alles was man denkt muß geschehen,
daß Gedanken die Bausteine der Zukunft sind,
man würde aufhören ganz geschwind
mit Kleinkram und Sorgen,
negativem Gedankengut,
Schwarzseherei und was man sonst noch tut,
um sich die Zukunft selbst zu verbauen.

Wär' es nicht besser, nur an Dinge zu denken
die Friede und Freude, die Zuversicht schenken,
wär' es nicht schön auch mit Gottvertrauen
in die nächste Zukunft zu schauen?

Laß dir weder das Heute noch das Morgen
durch schlechte Gedanken, Kummer und Sorgen
verbauen und sei dir dessen stets bewußt,
daß das was du denkst auch kommen muß!

Die Bitte

Ich weiß um des Lebens ewige Gesetze,
ich weiß auch, daß ich sie oftmals verletze,
drum bitte ich um die göttliche Kraft,
damit das Gute in mir schafft,
damit Vertrauen mich stärkt und hebt,
nach Demut und Liebe mein Wirken strebt.
Ich bitte um die Kraft mutig zu sein,
das Richtige zu tun und nur das allein.
Ich bitte um die Kraft
Wissen in Können zu wandeln,
um nicht nach Gewohnheit
und Neigung zu handeln.
Ich bitte um die göttliche, ewige Kraft
die mehr, viel mehr, ja Unendliches schafft.

Bevor wir erfahren, daß das Leben, daß Gott für uns das Beste will, müssen wir den dahinterstehenden Allwillen begreifen lernen und erkennen was ER will.

Nur ein paar Minuten

Nur ein paar Minuten hab ich inne gehalten,
hab meine Umwelt ausgeschalten,
nur ein paar Minuten hielt ich die Augen geschlossen,
hab überdacht die Zeit, die verflossen,
nur ein paar Minuten hab ich überlegt,
was hat mich in letzter Zeit bewegt,
nur ein paar Minuten hab ich mein Tun überdacht,
hab ehrlich eine Selbstbeobachtung gemacht.

Nur ein paar Minuten, sie haben gereicht
zu erkennen, wo mein Wollen vom
Willen Gottes abweicht.
Nur ein paar Minuten, sie haben mir gezeigt
wo meine Stärken liegen,
wo Schwächen ich geneigt.
Nur ein paar Minuten hab ich
der Besinnung geschenkt
und damit mein Sein ins
Gleichgewicht, in Harmonie gelenkt.

Der Spaziergang

Alleine war ich und doch
war ich umringt,
umringt von Luft, von Duft,
von Ton und Stille,
von Nichts und Allem
was es gibt in Fülle.
Und eine Hand hielt tröstend meine,
obwohl für jeden der mich sah –
ging ich alleine.

Kraft gab mir diese Hand
die aus dem Nichts da ragte,
ein Kind ward ich,
dem eine Stimme sagte:
"Hab keine Angst,
geh unbekümmert deinen Weg,
es kann dir nichts passieren,
nur achtsam mußt du sein
und meine Nähe nicht verlieren.

Du bist in allen Dingen frei
und König deines Lebens,
erkennen mußt du nur
den Ur-Sinn deines Strebens.
Setzt du als Krone dir
die Liebe auf dein Haupt
so ist dir, liebes Kind,
Regentschaft auch erlaubt."

Ganz still, um nichts zu überhören
ging ich an dieser Hand
und spürte wie sich Geist mit Geiste
und Kraft mit Kraft verband.
In der Stille hörte ich
die Stimme weitersagen:

"Du bist ein Teil von mir,
ein Funke meines 'Sein',
und in dir soll entflammen
der Funke hell und rein,
er soll zum Lichte werden
durch deiner Taten Kraft,
weil so ein strahlend Licht
noch mehr Verbindung schafft.

Daß ich dich liebe mußt du wissen
und für dich Sorge trage,
jedoch auch liegt's an dir
wie sich gestalten deine Tage.
Dein Geist, ein Teil von meinem,
wird Wahrheit dir auch schenken,
läßt du vertrauensvoll
von seiner Macht dich lenken.

Wenn ich meine Hand,
aus deiner Hand nun löse,
so wisse, ich bin da,
trotz allem Weltgetöse,
such mich im Gebet
und in der Still',
denn ich bin
der Anfang, der Weg und das Ziel."

Die Sprache der Seele

Hast du dich schon einmal ganz leise gefragt
was dir dein Inneres oft sagt,
hast du nicht schon oft ganz fest gespürt,
daß dich eine Hand ganz liebevoll führt,
bist du nicht schon oft überrascht gewesen,
daß Schwierigkeiten selbst sich lösen,
hast du nicht schon oft, ohne zu wollen
und auch ohne es zu sollen
Dinge getan, die dann richtig waren?

Hast, getrieben von einer inneren Kraft
mit großer Leichtigkeit Schweres geschafft,
ohne zu wissen, was dich da bewegt
hast du ein Buch nicht weggelegt,
intuitiv gespürt, daß es dir gibt
Antwort auf die Frage, die am Herzen dir liegt,
die dir dann half, einen Weg zu beschreiten,
dir zu zeigen die großen Weiten,
die im Leben gegeben wären,
würde das Herz man nicht versperren
gegen die Hilfe der göttlichen Kraft.

Laß sie nicht ungenützt verstreichen,
denn hörst du sie nicht, wird sie wieder weichen,
sie wird dann so leise, wie sie gekommen
wieder gehen, weil nicht angenommen.
Und doch, sie ist da, die Sprache der Seele,
sie gibt dir oft die richtigen Befehle,
oh höre sie doch mein lieber Freund,
dann bist du mit göttlichem Willen vereint.

FREIHEIT . . .

Jedes Suchen anderswo
mußt du überwinden,
nur was du in dir suchst
wirst du finden!

Kennen Sie das Gesetz des Fortschritts? Es lautet: Erst innen, dann außen!
Das heißt, es darf und wird sich außen alles zeigen, was in mir innen ist. Anders ausgedrückt: "Will ich eine Veränderung im Außen, in meiner Umwelt, muß ich die Veränderung in mir selbst, in meinem Innern bewirken!"

Wir haben in uns eine unendliche Kraft, wir haben aber auch jede erdenkliche Freiheit, uns dieser Kraft zu bedienen oder sie ungenützt zu lassen.

Kraftvolle Gedanken bauen Kraft von innen auf und ziehen Kraft von außen an. Schwache Gedanken machen schwach und ziehen Schwäche von außen an.

Das Gesetz der Anziehung wirkt beständig durch das All und die große, unveränderliche Wahrheit ist, daß Gleiches von Gleichem angezogen wird.

Jeder Gedanke den wir hegen und jede Tat die wir tun ist eine Kraft, die von uns ausgeht und wie ein Bumerang zurückkommt. Es liegt also in unserer Hand, wie und was wir tun und denken!

Persönliche Freiheit

Wer entscheidet was du bist oder wie?
Doch sicher nicht der oder der oder die!
Wer entscheidet wie du dich fühlst,
ob du das Glück wählst oder in Sorgen wühlst?
Wer sagt dir dein Leben ist schal, ohne Sinn,
ohne Liebe und Freude und ohne Gewinn?
Wer kann bestimmen wie dein Tag verläuft,
ob sich Positives oder Negatives häuft?
Wer kann dich zwingen zornig zu sein,
wütend und ärgerlich obendrein?
Wer kann verhindern dir selbst zu vertrauen,
nicht immer auf die anderen zu schauen?
Wer läßt die düsteren Gedanken herein
oder läßt frohlocken und glücklich dich sein?
Wer beherrscht dein Gemüt,
deine Gedanken, dein Handeln?
Wer hat die Kraft deinen Mißmut zu wandeln?
Ganz ehrlich, wer hätte solche Macht,
zu entscheiden was du bist oder wie?
Doch sicher nicht der oder der oder die!
Du bist es mein Freund, du ganz allein,
du selbst entscheidest wie es ist – dein SEIN!

Du hast die Freiheit

Was darfst du Mensch
der du auf Erden wandelst?
Du darfst alles, niemand schreibt dir vor
wie du im Leben handelst!
Jedes Tun und jede Art von Treiben,
du hast die freie Wahl,
doch alles was du tust,
das zeigt sich dir einmal!
Vielleicht nicht jetzt und gleich,
auch nicht in einem Jahr,
es leitet aber ein,
bleibt Teil von deinem Sein,
löst sich auch wieder ein,
es bleibt bei dir fürwahr!

Schranken und Mauern

Die Schranken so mancher selbst sich baut
und dann ganz lustlos durchs Dasein schaut,
errichtet durch Gedanken sich Mauern,
um dahinter zu sitzen und zu trauern.

So schränken und mauern sich viele ein,
um lustlos und freudlos allein zu sein,
kommen nicht raus, kein anderer kommt nah,
es sind zuviel Schranken und Mauern da.

Mühsam war es sie aufzubauen,
mühsam ist es darüber zu schauen,
und mühsam wird es, sie zu entfernen,
um mauern- und schrankenfrei zu lernen.

Es liegt in Deiner Hand

Mach allem Unfug schnell ein Ende,
gib deinem Leben eine Wende!
Sorgen wollen dich niederdrücken,
auch werden Ängste nie dich beglücken,
Haß wird immer nur dich selbst zerstören,
mit Lieblosigkeit kannst du niemand betören,
Zank und Hader hüllt in Einsamkeit dich ein,
Furcht wird dir stets ein Hemmschuh sein,
Neid frißt an dir und an sonst keinem,
Lüge steht auf schwachen Beinen.
Alle diese Dinge sind Unfug im Leben
und werden niemals Heil dir geben.

Drum mach dem Unfug schnell ein Ende,
gib deinem Leben eine Wende!
Laß Liebe und Verstehen herein,
so kann dein Sein in Freude gedeih'n.
Sorgen und Ängste laß abseits stehen,
sie werden, weil nicht beachtet, von dir gehen,
Haß und Neid, die beiden Gesellen
dürfen in dir keinen Platz verstellen,
bei so einem großen Umgestalten
können Zank und Hader sich auch nicht halten.
So kann dein Leben in Glück sich finden,
weil Gedanken und Handeln aus Liebe winden,
ein Lebensband von guter, ja bester Qualität,
es liegt in deiner Hand und – es ist nie zu spät!

LIEBE . . .

Die Liebe ist eine göttliche Kraft,
mit ihr im Herzen man alles schafft!

Ich bin mir dessen bewußt, daß Gott Liebe ist, daß Gott die Menschen liebt, daß er liebevoll seiner Schöpfung zugewandt ist. In dieser Liebe, in Gott, hat alles Platz, ist nichts unmöglich, hat alles Sinn.

In meiner tiefsten Seele bin ich mir bewußt, daß Liebe die alles bewegende Macht und Kraft ist, daß ohne Liebe nichts bestehen kann.

Die Liebe spricht alle Sprachen.

Liebe ist der geheime Trost, den alle gebrauchen können.

Die in der Liebe innewohnende Gotteskraft wird sich immer behaupten und aller Mißklang kann sich still auflösen, wenn wir Liebe leben.

AUCH DICH LIEBT GOTT

Ich weiß, daß Gott mich liebt,
dies' Wissen Kraft mir gibt,
nichts soll mich je verleiten,
dies' Fühlen abzustreiten.

Will seine Liebe auch weitergeben,
in Tat und Wort soll sie erheben
die Menschen, die bedrückt, nicht wissen,
daß sie sich niemals sorgen müssen,
weil Gott, die größte Macht der Welt,
sie liebend, sorgend umfangen hält.

Ein silberner Faden, der Nabelschnur gleich
führt immer zurück in Gottes Reich,
über diesen Faden strömt Liebe ein,
du mußt nur bereit zum Empfangen sein.
Auch dich liebt Gott, sei dir dessen bewußt,
dies' Wissen schenkt Kraft und Lebenslust.

UND GÄBE ES DIE LIEBE NICHT

Und gäbe es die Liebe nicht
wie wäre Welt entstanden,
wie würde Erde, Wasser, Feuer, Luft
getrennt sein, nicht in Banden,
wie könnten Pflanze, Baum,
wie Tier und Mensch gedeihen,
würd' nicht die Liebe der Gestirne
die Kraft dazu verleihen?

Allüberall, wohin dein Blick sich wendet
kann Schönheit er berühren,
bist du bereit, dein Auge, Ohr
und auch dein Herz zu öffnen,
so wirst du sehend, hörend,
fühlend Liebe spüren,
denn, gäbe es die Liebe nicht
nie wäre Welt entstanden.

Das Leben sollte voll Liebe sein

Das Leben sollte voll Liebe sein,
weil nur die Liebe ganz allein
alles was geschieht im Leben
auf die richtige Stufe kann heben.

Man weiß doch selber, wenn man verliebt,
wie schnell und gerne man alles vergibt,
wie schnell und gerne man einsichtig ist,
das eigene Wollen gleich vergißt.

Dies alles macht man, obwohl nur verliebt,
wie groß erst ist Kraft, die die Liebe gibt.
Erkennt man nicht selbst, wo Liebe dabei
ist alles erträglich, von Eigensinn frei?

Die Liebe, sie ist eine göttliche Kraft,
mit ihr im Herzen man vieles schafft,
durch sie kann man sich selbst vergessen,
das Tun der anderen einsichtig messen.

Wäre es nicht wunderschön
könnte man alles mit Liebe sehn?
Die Kreatur, den Baum, die Pflanze,
die Menschen der Welt und damit das Ganze.
Wenn alle so wären, stell' ich mir vor
ein zum Paradies geöffnetes Tor.

DIE LIEBE

Die Liebe, dieses Silberband
hält jeder Mensch in seiner Hand,
kann gebend es verwenden,
denn Liebe kennt kein Enden.

Die Liebe ist's die alles bindet,
Leid und Schmerz auch überwindet.
Sie ist ein Zauberstab, der, was damit berührt,
verwandeln wird, ins Heil so führt.

Der Stürme läßt zu Lüftchen werden
und Wogen glättet, Harmonie bringt auf Erden.
Der Zauberstab, das Silberband
liegt in des Menschen Herz und Hand.

Verbindend, wandelnd, heilend
so wäre in uns weilend
des höchsten Schöpfers Schöpferkraft,
mit der er Universen hat geschafft.

DIE SUCHE NACH DER LIEBE

Bäume habe ich umarmt und geküßt,
fragte sie: "Wißt ihr was Liebe ist?"
Zu den Blumen hab' ich mich in die Wiese gelegt
und auch sie gefragt, ob sie Liebe bewegt.
Die Vögel, die Bienen und so manches Insekt
hab' ich gefragt: "Wo ist die Liebe versteckt?"
Getanzt hab' ich mit dem Winde im Arm,
er streichelte mein Haar, zärtlich und warm.
"Ist das die Liebe?" hab' ich ihn gefragt,
er säuselte nur, hat nichts gesagt.
Sonnenstrahlen haben heiß mich umfangen,
küßten zärtlich meine Wangen,
ich fragte die Sonne ob sie die Liebe kennt,
ob man dieses Spiel die Liebe nennt.

Die Quelle, das Bächlein hab' ich gefragt
ob Liebe auch so köstlich labt.
Wo ist sie die Liebe, die dem Leben Sinn erst gibt,
die Glück und Freude in den Vordergrund schiebt?
Ihr Blumen und Bäume, du Sonne und Wind
sagt an, wo ich die Liebe find!

Die Antwort aller war und sie sangen's im Chor:
Die Liebe steigt aus deinem Herzen empor,
DU mußt lieben, dann ist Liebe im Leben,
Liebe kann man reichlich finden,
hat man sie selbst gegeben!

Das göttliche Geschenk

Die Liebe ist das höchste Gut
das Gott uns schenkte, das in uns ruht.
Liebe sollte man immer weitergeben,
denn jeder kann mit ihr gut leben.

Schenkst du sie her, kommt sie zurück,
zu deiner Freude, deinem Glück,
so sicher wie der Tag anbricht,
drum auf die Liebe nicht verzicht.

Laß rein und klar sie in dir walten,
zur Natur, zu Tier und Menschen nie erkalten,
lieb alles so, so wie es ist,
gib deiner Liebe keine Frist.

Laß fristlos sie und überall sich zeigen
damit sich alles kann zum Guten neigen.
Sie wird dein Leben dann gestalten,
läßt du sie wirken in deinem Verhalten.

Weil durch die Liebe Verstehen sich mehrt,
durch Verstehen Geduld dich ehrt,
durch Geduld Güte dich ziert,
durch Güte Härte sich verliert,
ohne Härte der Zorn dann weicht,
ohne Zorn es zum Streit nicht reicht.

Ohne Streit und Zorn, mit Güte,
Geduld und Verstehen
kann die Liebe nie untergehen.
Erkenne sie als höchstes Gut,
das, von Gott gegeben, in dir ruht,
benenne sie zum Sinn des Lebens
damit sie in dir nicht vergebens

die L i e b e.

SCHATZSUCHE

Nicht der Erde Steine sollst du pflügen, eggen
und dadurch deine Stirn mit Schweiß bedecken,
nur an dein Herz sollst du dich wenden
und hier die Steine pflügend wenden
ganz ohne Schweiß, nur im ständigen Tun,
in diesem Tun fortan nicht ruhn
bis du den Schatz, den Edelstein darin gefunden
der Liebe heißt, mit Reichtum ist verbunden.

Der strahlend wie der Sonne Licht
erhellt die Welt und dir schenkt Sicht.
Mit dieser Liebe, diesem Licht
das du da durftest finden,
wird alles Leid und jede Müh'
aus deinem Leben schwinden.
Nur die, die in der Erde Steine Schätze suchen
verfehl'n das Ziel, sie werden schwitzend fluchen.

LIEBE ZUM LEBEN

Ich liebe dieses Leben,
komm liebe du es auch!
Fröne nicht der Sitte,
dem sinnverdrehten Brauch,
nur zu jammern und zu fluchen
und im Haben Glück zu suchen.

In dir liegt alles Glück der Welt,
du kannst es haben ohne Geld,
es ist an jedem Baum zu sehen,
an allen Blumen die da stehen,
an jeder Quelle die da fließt,
an jedem Vogel der dich grüßt,
in jedem Tropfen Morgentau
der dich auffordert, komm und schau.

An Sonne, Mond und Sterne,
die dir da leuchten aus der Ferne,
du hast, wenn du es dir erlaubst,
wenn du an Gottes Liebe glaubst,
die ganze Pracht der Erdenwelt,
sie ist zu deinem Wohl erstellt.
O Mensch, dem Leben ist gegeben,
erfülle es mit diesem Streben,
die Liebe und das Glück zu spüren,
laß dich von Gottes Händen führen!

EIN BISSCHEN MEHR DIES

Ein bißchen mehr Liebe und weniger Haß
ein bißchen mehr dies und weniger das,
dies ist die Freude,
das ist der Neid,
dies ist der Friede,
das ist der Streit,
dies ist vergeben und verzeih'n,
das ist nachtragend, rachsüchtig sein,
dies ist Menschen zu akzeptieren,
das ist ständig zu kritisieren,
dies ist Dankbarkeit zu zeigen,
das ist zur Selbstgefälligkeit zu neigen,
dies ist die Wahrheit, die Ehrlichkeit,
das ist die Lüge, die Unaufrichtigkeit,
dies ist die Liebe zu allem und jedem,
das ist das freudlose, lieblose Streben.
Drum ein bißchen mehr dies und weniger das,
ein bißchen mehr Liebe und weniger Haß,
so könnte Fortuna dich erreichen,
weil du ihr selbst gestellt die Weichen.

DANKBARKEIT . . .

Es ist so schwer oft ausgedrückt
das Wörtchen "DANKE" das beglückt.

ES DRÄNGT IN MIR EIN WORT

Es drängt in mir ein Wort das Freiheit haben will,
will über meine Lippen zu seinem neuen Ziel,
es drängt in mir sich hoch –
das Wort – mit ganzer Kraft
und liegt nun auf der Zunge,
ob es den Absprung schafft?
Ich werde es nun wagen,
das kleine Wort zu sagen,
es ist so schwer oft ausgedrückt
das Wörtchen "DANKE" das beglückt.

Es gibt so viele Gelegenheiten "danke" zu sagen und trotzdem kommt es uns oft nicht in den Sinn. Wir nehmen so vieles als selbstverständlich hin. Diese Selbstverständlichkeit, mit der so manche Menschen so vieles im Leben hinnehmen, macht sie eigentlich arm. Arm deshalb, weil sie sich selbst der Freude berauben, die großen und kleinen Wunder der Erde, des Lebens zu sehen, zu erkennen. Dankbarkeit dagegen ist etwas, was uns sehend macht, was uns Bewußtwerdung schenkt.

In dem Moment, in dem ich "dankeschön", "danke" oder "ich danke dir" sage wird mir bewußt, daß etwas geschehen ist, das ich selbst nicht vollbracht, getan habe.

Ist es vielleicht sogar diese Tatsache, die es manchen Menschen nicht möglich macht, "danke" zu sagen? Sind es vielleicht die Menschen, die sich selbst so äußerst groß vorkommen, die aus der Angst heraus, nicht die Größten und Besten zu sein, Dankbarkeit anderen gegenüber nicht übers Herz bringen, "danke" nicht über die Lippen?

Nichts im Leben ist selbstverständlich, nicht einmal das Leben – und trotzdem nehmen wir es hin, als wäre es das Natürlichste der Welt.

Wir sind Genießer, schöpfen aus, was es auszuschöpfen gibt, sind taub und blind und können das, was ist, nicht als Geschenk erkennen.

Zum einen sollte man also dankbar sein, vom Herzen "danke" sagen können, zum anderen sollte man aber auch nie etwas tun und dann Dankbarkeit dafür erwarten. Das ist mitunter eine der schwierigsten Aufgaben in unserem Leben. Weil man im Hinterstübchen oft denkt: Ich habe dir zuliebe etwas getan, jetzt kannst du - aus Dankbarkeit - auch mir zuliebe etwas tun.

Es gibt neben der ausgesprochenen Dankbarkeit auch eine stille, innere Dankbarkeit. Eine gedankliche Dankbarkeit für eine Freude die einem zuteil wird, ohne daß man den Freudebereiter kennt. Dieses stille, innere "Dankeschönsagen" bereitet eine Fülle von guten Gefühlen. Und weil doch Gedanken eine große Kraft haben glaube ich, daß sie auch den unbekannten Freudespender erreichen.

Dankbarkeit

Dankbar soll man nicht nur mit Worten sein,
ein dankbarer Gedanke schon allein
hat seine Kraft, erreicht das Ziel,
schenkt dem Bedankten und dir sehr viel.
Ein kleines "Dankeschön" gedacht,
für den, der einen Baum gepflanzt,
einen Weg gemacht,
für den, der in ein Bächlein Steine hat gelegt
oder einen Steg gebaut,
der dich übers Wasser trägt.
Für den, der den Samen hat gestreut,
damit dein Auge an Blumen sich erfreut,
für den, der ein Licht ins Dunkel gestellt,
damit dein Weg wird beleuchtet, erhellt.
Für den, der eine Quelle hat gefaßt,
um dich zu laben bei einer Rast,
ja vieles gibt es zu bedanken,
drum tu es einfach im Gedanken.
Du wirst erkennen, der Gedanke schon allein
gibt mehr, läßt dich nicht nur dankbar sein,
er hebt dein Gemüt,
Kraft, Lebensfülle und noch mehr
schenkt so ein dankbarer Gedanke her.
Drum sollte man dankbar
nicht nur mit Worten sein,
denn die Kraft des Gedankens
schließt auch den Bedankten ein.

DANKBAR NEHM' ICH ALLES HIN

Dankbar nehm' ich alles hin
weil das was ist, für mich Gewinn.
Dankbar steh' ich morgens auf,
genießend meines Lebens Lauf.
Sorgen will ich keine haben,
weil sie mein Gemüt nicht laben,
nur die Freude pack' ich ein,
sie soll mein Begleiter sein.
Heiterkeit und Frohsinn packe ich dazu,
weil sie alles leichter machen,
sag, wie machst es du?
Lebst du auch des Schöpfers Freude
die er liebend uns geschenkt?
Freude, die, wenn wir sie leben
unser Dasein besser lenkt!
Wirf die Sorgen über Bord,
sie sind nur eine Bürde,
nehmen dir die Kraft, den Schwung,
zu überwinden eine Hürde.
Müde wird man nur,
legt man sie nicht schnell ab,
müde und erschöpft, braucht einen Wanderstab.
Dieser Wanderstab, auch er ist eine Last,
weil du nicht die Freiheit hast,
faltend deine Hände dankbar zu erheben,
dankend für das Leben, das der Schöpfer dir
gegeben.

Weil das was ist, für mich Gewinn,
nehm' dankbar, freudvoll ich es hin.
Tu du es auch, dann sind wir zwei,
die dankbar unsern Schöpfer preisen,
die mit der Freude an dem Leben
IHM größte Ehr' erweisen.
Vielleicht sind wir als Beispiel
für andere dann gut
und schenken durch das Praktizieren
den anderen den Mut -
das Leben wie es ist,
zu sehen als Gewinn!

DIE KORREKTUR

Danke für die Korrektur,
die ich anfangs nicht verstand,
weil ich meinen Körper
mit der Seele nicht verband!
Nicht verstehen wollte ich,
wenn Schmerz den Körper plagte,
daß meine Seele durch den Schmerz
sich aufzubäumen wagte.

Ich hatte ihre Stimme,
weil sie so leise war,
durch mein gar lautes Treiben,
das ist mir heute klar,
nicht gehört und nicht beachtet,
nur Äußeres war wichtig,
nur mein Tun und Streben
erachtete ich richtig.

Nicht hören wollte ich,
nun muß ich's eben fühlen,
wie Krankheit, Schmerz, Behinderung
in meinem Körper wühlen.
Nun habe ich die Muße
und finde auch die Zeit,
zu achten auf Gefühle,
das Göttliche zu hören,
bin dazu jetzt bereit.

Danke für die Korrektur,
die ich jetzt verstehe,
weil ich, durch diese Hilfe
den Weg der Seele gehe.

URSACHE UND WIRKUNG . . .

Das Leben lebt von unserer Tat,
geerntet wird die Frucht der Saat.

Da gibt es ein universelles Gesetz das heißt: " Ursache und Wirkung! "
Davon wird in der Bibel schon gesprochen und eigentlich wissen es alle Menschen auf Erden. Was du säst, das wirst du ernten. Leuchtet uns allen auch ein, daß, wenn man Hafer sät nicht Gerste ernten kann. Auch wissen wir, daß, wenn ein Apfelbaum gesetzt wird, von diesem keine Birnen gepflückt werden können. Ist doch alles ganz logisch! Nur bei unserem Verhalten, da meinen wir gäbe es so etwas nicht.

Nun gibt es auch Menschen die faul sind, die nichts tun wollen, auch gut! Sie dürfen sich dann aber nicht wundern, wenn es in ihrem Leben nur Brosamen gibt. Brosamen auf dem Gebiet der Freude, des Glücks, der Ausgeglichenheit, der Dankbarkeit, der Liebe.

Daß auf einem Feld, welches nicht bearbeitet wird, dann aber Unkraut wächst –, auch das zeigt uns die Natur. Unkraut könnte man nennen: Neid, Gier, Haß, Kritik, Schuldverteilung auf Gott und die Welt und, und, und.

Es liegt also auch hier alles in unserer Hand. Was wir in der Ursache säen, müssen wir in der Wirkung ernten. Ist die Ernte eine schlechte, unerfreuliche, so sollten wir spätestens hier merken, daß unser Samengut nicht das beste war und wir sollten uns, wie jeder kluge Bauer es auch tut, um besseres Samengut kümmern. Es liegt wieder an uns, die Wirkung nicht wieder als Ursache zu verwenden, damit meine ich, wir sollten durch Einsicht, durch unser Bemühen und unser Wollen neues Samengut finden.

Dieses Streben nach Besserem, Höherem liegt in unserer, uns vom Schöpfer gegebenen Freiheit der Entscheidung. Wir haben die Wahl dazuzulernen – oder immerwieder die gleichen Ursachen zu setzen.

Es läuft alles in allem nach Gesetzen ab. Die Freiheit aber steht uns zu, uns zu bemühen, besseres Samengut (Ursachen) zu finden, sehend zu werden, damit wir nicht blind gehorchen müssen.

Jeder Tag ist ein neues Leben, jede Stunde ein großes Geschenk, jede Minute kann Anfang von anderem sein und jede Sekunde das Ende auf Erden, wie uns jeder Augenblick zeigt, daß nichts Bestand hat, sich alles bewegt.

Wenn es also Ursache und Wirkung gibt, so sollten wir beginnen, die bestmöglichsten Ursachen zu setzen, damit wir unter den Wirkungen nicht zu leiden haben. Wir müssen lernen, klüger und weiser zu werden.

Der Schöpfung ganzen Plan zu kennen
ist niemals uns gegeben
hier auf dieser Erde,
hier in diesem Leben.
Nur ahnen können wir
was unseres Schöpfers Plan,
vermuten und auch spüren,
zum Glauben wird es dann.

Jedoch eins muß man wissen,
das zeigt uns die Natur,
daß planlos nichts geschieht,
o Mensch begreif das nur.

Nur dann, wenn wir uns alle mühen,
dem Schöpfer Freund zu sein,
lernen uns zu fügen
und so vom Eigensinn befrei'n,
wird uns das Hier und Heute
sinnvoll, lehrreich werden,
so könnten wir dann auch
mitgestalten hier auf Erden.

Wir dürften dann in allem
was hier geschah, geschieht,
begreifen und erkennen
was falsches Handeln nach sich zieht.

Wir würden auch erkennen,
begreifen ganz geschwind,
daß Ursache und Wirkung
nicht zu trennen sind!

Glaubst du an Zufall

Glaubst du an Zufall, wenn etwas passiert,
daß etwas zufällig dich irritiert,
glaubst du ganz ernstlich, daß Gott es gestattet,
daß etwas durch Zufall dein Leben beschattet,
glaubst du ganz ehrlich, daß Gott es geplant,
daß nur durch Zufälle dein Leben sich bahnt?

Ich kann es nicht glauben, daß alles was geschieht,
rein zufällig, durch Zufall, seine Bahnen zieht,
daß der Stein, rein zufällig, nach unten fällt
und sich nicht einmal so und einmal anders verhält,
daß die Natur nicht nach Gesetz sich entwickeln muß,
nach dem Gesetz, das laufen läßt den Fluß
immer bergab und niemals bergauf,
all das nimmt der Mensch auch fraglos in Kauf,
nur bei seinem Schicksal da meint er ganz plötzlich,
daß das nicht verläuft so ganz gesetzlich,
daß da eine höhere, größere Macht
sich Ungerechtigkeit hat ausgedacht.

Jedoch, hat man einmal nur eingesehen,
daß Ursache und Wirkung Hand in Hand gehen,
dann wird man erkennen, daß, so wie man beginnt,
sich der Verlauf der Dinge, ja das Schicksal bestimmt.
Nicht der Zufall ist es, der das Leben lenkt,
es wird nichts genommen und nichts geschenkt,
ein jeder hat alles selbst in der Hand!

Gelobt, gepriesen und geschätzt

Gelobt, gepriesen und geschätzt
will jeder sein im Leben,
so mancher durch die Tage hetzt,
ohne sein Auge zu erheben.
Man bewegt die Füße, krümmt den Rücken,
eilt falschen Zielen und Werten nach,
nur Geld schafft es, einen zu entzücken,
man läßt die Gefühle liegen brach.
So lebt man in den Tag hinein
und eilt und hetzt und hastet,
läßt oftmals Freunde Freunde sein,
weil Freundschaft doch belastet.

Man findet für die Freude keine Zeit,
das Lachen wird alsbald verlernt,
Natur und Mensch zu lieben ist man nicht bereit,
man hat davon sich weit entfernt,
denn diese Dinge haben keinen Wert,
kein Gütezeichen,
so meint man, zertritt einer Blüte Stern,
läßt sich von keines Vogel Sang erweichen,
glaubt man ist selbst der Weisheit Kern.

O armer Mensch, der du so hetzt,
willst, daß man dich lobt und preist und schätzt,
du selbst jedoch, hast du einmal bedacht,
wer diese Schöpfung,
dies Wunder Erde hat vollbracht?
Würdest nur manches Mal dein Auge du erheben,
so müßtest voller Ehrfurcht du erbeben,
du Mensch, der du so ziellos hetzt,
der nur gelobt sein will, gepriesen und geschätzt.

WEISHEIT

Weisheit ist gleich Anfang und Ende,
Weisheit gibt alles dir in die Hände.
Anfang ist sie von Freude am Leben,
Ende bringt sie dem nutzlosen Streben.
Anfang ist sie von Liebe zum Andern,
Ende bringt sie in Rachsucht zu wandern.

Weisheit gibt alles, was man begehrt,
weil Weisheit der Einfalt den Weg versperrt.
Weisheit läßt dich gerecht sein im Handeln,
läßt dich nicht starrsinnig, ehrgeizig wandeln,
Weisheit lehrt dich, Demut zu zeigen,
dein Haupt vor der Allmacht Gottes zu neigen.

Weisheit ist Anfang von Herrlichkeit,
Weisheit ist Ende von Sorgen und Leid,
Weisheit zeigt immer den rechten Weg,
verhindert zu gehen einen unrechten Steg.
Ende ist sie von Haß und Streit,
Anfang von Versöhnlichkeit,
sie ist der Anfang, Gesetze zu achten,
das Ende, nach persönlichem Vorteil zu trachten.

Weisheit ist der Anfang vom Verstehen
und Ende der Angst, unterzugehen.
Weisheit zeigt dir Gottes Hand,
weil mit Weisheit er alles, auch uns, erfand.

Ehrfurcht

Furchtlos schreite immer weiter,
nimm dir Gott als Wegbegleiter,
nimm die Furcht allein nicht an,
setze ihr ein Wort voran,
damit sich Ehrfurcht daraus ergibt.

Hast du aus Furcht so Ehrfurcht gemacht,
so kannst du erleben die ganze Macht,
die Macht, die in allen Dingen sich findet,
wenn Furcht aus deinem Herzen schwindet.

In allem und jedem siehst du dann,
daß ohne Furcht man leben kann,
die Furcht laß stehn, die Ehrfurcht nimm an
für deine weitere Lebensbahn.

Du wirst dann sehen und erkennen,
daß alles gut du kannst benennen,
mit Ehrfurcht im Herzen lebe weiter
und Gott nimm dir als Wegbegleiter.

MEINUNG IST'S

Meinung ist's, was man die Wahrheit nennt
und Meinungen regiern die Welt,
von Weisheit darin keine Spur,
denn Weisheit kennt die eine Wahrheit nur,
die Wahrheit die Gewißheit schenkt,
alles wird von universellen Gesetzen gelenkt.

Die Wahrheit ist kein Kartenhaus

Getragen von dem Wunsch,
der Wahrheit Recht zu geben,
getragen von dem Wunsch,
die Wahrheit hoch zu heben,
getragen von dem Wunsch,
stets bei der Wahrheit zu bleiben,
getragen von diesen Wünschen,
laß nie zur Unwahrheit dich treiben.
Sei getragen von dem Wunsch,
in deinem Leben danach zu streben,
in Wahrheit, Ehrlichkeit zu leben.

Nur die Wahrheit hat Bestand,
sie braucht kein Gewand,
keine Verkleidung, kein Gespinst,
weil mit der Wahrheit du immer gewinnst.
Drum sei von dem Wunsche im Herzen getragen,
immer und stets die Wahrheit zu sagen,
immer und stets die Wahrheit zu lieben,
an ihr kann man nicht rütteln und nicht schieben,
die Wahrheit kann man nicht niederreißen,
sie ist nicht, wie ein Kartenhaus, umzuschmeißen,
sie hat Fundament, das ewig hält.

KÖNNTE MAN DOCH WIE WASSER SEIN

Oft denk' ich, man müßte wie Wasser sein,
wie Wasser im Ursprung, klar und rein,
jeder Form sich anschmiegend,
jeden Schmutz besiegend.

Wie Wasser, das in den tiefsten Tiefen steht
und trotzdem hoch zum Himmel geht,
das, wenn es aus der Wolke fließt,
nicht fragt wohin es sich ergießt.

Ob der eine es verdient, der andere nicht,
das spielt keine Rolle, fällt nicht ins Gewicht.
Das, ohne nach einem Dank zu fragen,
alles Durstige tränkt und läßt laben.

Das dir - wenn es ruhig - als Spiegel dient,
um dir zu zeigen wie du bist, geschwind,
das alles Leichte tragen will,
alles Schwere sinken läßt ganz still.

Wie Wasser, das alles aufnehmen kann,
das still und schweigend ist fortan,
jedoch, wenn du aufmerksam hören kannst,
dir viel erzählt, wenn es sprudelnd tanzt.

Das Feuer löscht, wenn es lichterloh brennt,
das Schmerzen lindernd, keinen Unterschied kennt,
verdünnt was zu stark,
dich wärmt und kühlt ab,
durch steten Tropfen selbst höhlt einen Stein,
o könnte man doch wie Wasser sein.

SCHULE DES LEBENS . . .

Gott schrieb mit Güte
und mit Liebe –
die ganze Erde ist das Buch!
Du bist es,
dem es aufgeschlagen diene,
zu lesen und zu lernen –
nun versuch!

Wir sind geboren und damit ist unser Sein hier auf der Erde erfolgt. Nun sollten wir aus diesem Sein aber etwas machen, wir sollten etwas "werden". Damit meine ich, wir sollten mit dem Geist, der uns ja mitgegeben wurde uns weiterentwickeln, in der Schule des Lebens etwas dazu lernen, um eine höhere Erkenntnis zu erreichen. Wir müssen also etwas "werden", um damit etwas Neues, Höheres zu "sein". Sein um zu werden und werden um zu sein. Ein ewiger Kreislauf den man sich wie eine Spirale vorstellen könnte. Immer höher strebend, bis man die Spitze, Vollkommenheit erreicht hat.

So wie wir in der Schule das ABC, das Alphabet lernen mußten, um lesen zu können, dies wiederum die Voraussetzung war, um uns Wissen anzueignen, um im Verstehen verschiedener Zusammenhänge weiterzukommen, so müssen wir auch in der Lebensschule lernen, um weiterzukommen.

Je freudiger, ja je bereiter wir dies tun, umso leichter wird es uns gelingen. Das Schöne dabei ist, daß, je freiwilliger wir die Mühe des Lernens auf uns nehmen, es tun, umso weniger Druck von anderer Seite ist erforderlich. Im Gegenteil, durch diese Freiwilligkeit verliert sich der Zwang.

Sind wir aber faul, wollen nicht lernen, muß der gleiche Stoff immer wieder gelehrt werden, wir werden immer wieder die Stufe "wiederholen" müssen, bis wir etwas begriffen haben.

Für mich sind das dann die Menschen, die aus ihren Fehlern, aus ihren Denkanstößen, aus ihren Schwächen und Schwierigkeiten nicht und nicht herauskommen "wollen". Die immer wieder durch die gleichen Schwierigkeiten gehen müssen, die gleichen Aufgaben machen müssen und dann auch noch meinen, daß dies eine Schikane oder Schicksal sei.

Eigentlich traurig, wenn man von der Schule gehen muß und das Ziel nicht erreicht hat.

Wäre es nicht besser, freiwillig zu lernen, unser Lernpensum freudig aufzunehmen, mit den uns gestellten Aufgaben auch zu arbeiten, die uns gegebenen Hilfsmittel dankbar anzunehmen und nicht ständig zu jammern, wie schwierig doch alles sei und wie ungerecht doch alles verteilt sei.

Jeder hat den gleichen Lernstoff durchzumachen, man kann keine Stufe überspringen, es hängt nur davon ab, wie gerne und schnell man lernen möchte. Hat man sich für die Bequemlichkeit entschieden, wird es auf Dauer gesehen halt doch sehr unbequem und mühevoll, vor allen Dingen wird es aber langweilig und eintönig.

Es liegt an uns, wie wir die Schule des Lebens gestalten, ob wir zur Mitarbeit bereit sind oder ewig Gestrige bleiben und dann auch noch glücklos sind.

Ein Quentchen Zeit

Du hast ein Quentchen Zeit
dir für das Leben mitgenommen,
und eh' du dich versiehst
ist diese Zeit verronnen.
Drum nütze sie,
vergeude nicht die Stunden,
denn die verlorene Zeit
hat niemals wer gefunden.

Verliere dich nicht
im Bekritteln der andern,
denn auch das ist,
genau genommen, verlorene Zeit,
das Handeln und auch
das Streben der andern
sind ohne Belang
für deine Ewigkeit.

Sei abhängig nur von Dir
und von sonst niemand,
denn keiner wird
für dich gerade stehn,
wenn dein Quentchen Zeit
ist verronnen
und du von dieser Erde
mußt gehn.

Es nützt dir wenig
bei anderen zu merken,
wie man etwas besser
und klüger getan,
verlier nicht die Zeit
mit Sorgen und Ärger,
fang am besten bei dir
mit dem Bessersein an.

Sei ehrlich und aufrecht
und treu Gott ergeben,
das hilft dir am besten
für dein Leben.
Tu niemals einem anderen
was dir nicht behagt,
dann ist dein Gemüt
auch niemals verzagt.

Geh immer weiter
deinem Ziel entgegen,
kein anderer kann
für dich vorwärts streben,
nütze dies Quentchen Zeit,
das du für dieses Leben mitgenommen,
dann bist du nicht sinnlos
auf die Erde gekommen.

GLÜCKLICHSEIN

Glücklichsein ist etwas das dir Flügel schenkt,
Glücklichsein ist etwas das dein Leben lenkt,
es ist, wenn du es zuläßt, stets bei dir,
es will, daß du ihm öffnest deine Tür.

Laß es herein das Glücklichsein,
gib du ihm Raum in deinem Sein,
reich ihm die Hand, schenk ihm dein Fühlen,
verschließe nicht dein Herz mit anderen Gefühlen.

Denn, Glücklichsein ist etwas das dir Flügel schenkt,
ist etwas das dein Leben lenkt.
Es sprießt aus dir und nicht aus andrer Gunst,
Glücklichsein ist deine Lebenskunst.

Die ganze Welt ist angehalten,
zu deinem Glücklichsein zu walten,
jede Blume, jeder Baum,
jede Kreatur in diesem Weltenraum
hat diese eine Aufgabe nur,
schaue hin, erfühle diese Spur.

Niemand hat die Kraft, die Macht,
zu trüben was für dich erdacht,
nur du, du kannst in unwichtigen Geschehen
einen Grund zum Unglücklichsein sehen.

Bedenke, dein Leben ist nicht gedacht,
daß etwas dich wirklich unglücklich macht,
denn alles und jedes was geschieht
hat Sinn und Grund, auch wenn man's nicht sieht,
jedoch, und das mußt du bedenken,
alles will dich immer nur lenken.

Alles will dir nur hilfreich zur Seite stehen,
es ist nicht richtig, nur Dunkles zu sehen,
damit du ihn gehen kannst, deinen Lebensweg,
betritt auch einen schmalen Steg,
denn oft bringt der Steg dir das Erleben,
was eine breite Straße dir niemals gegeben.

Nimm ihn an, sei dankbar und glücklich dafür,
so schließt du auf des Paradieses Tür,
denn, Glücklichsein ist etwas das dein Leben lenkt,
Glücklichsein ist, was dir Flügel schenkt.

Blindheit

Und blind ging er des Weges,
das Sehen nie gelernt,
er tastete und stolperte
und hat von Gott sich weit entfernt.

Er war sich dessen nicht bewußt,
die arme Kreatur,
war stolz, daß er, nicht sehend ging,
verlor jedoch die Spur.

Verirrt hat er sich im Gestrüpp
der Weltennarretei,
konnt sehen nicht den Wahn im Stolz,
Gott war ihm einerlei.

O hätte er ein einzig Mal
die Augen aufgetan,
dann hätte Licht die Dunkelheit verdrängt
und sehend wäre er fortan.

Jedoch gewählt hat Blindheit er,
weil Sehen nicht gewagt,
läuft irrend, tastend hin und her
und ist am Ende müde und verzagt.

Das Ziel im Weg hat er so nicht gefunden,
der Mensch, die blinde Kreatur,
hat nicht nur selbst sich so vernichtet,
nein, hat zertrampelt auch noch die Natur.

Du hast die Wahl

Zu lernen oder zu leiden, du hast die Wahl,
denk darüber nach, überlege einmal!
Wer drängt dich, etwas so zu tun,
wie du es nicht ersonnen,
wer drängt dich, etwas nicht zu tun,
was du schon gern begonnen,
wer sagt dir, daß die Freude
nicht auch für dich vorhanden,
daß irgendwer es ist,
der dich im Leid läßt landen.

Denk einmal nach, überlege einmal,
der Schöpfer gab dir diese Wahl!
Wer glaubst du, kann deine Gedanken ersinnen,
kann durch dein Handeln verlieren, gewinnen?
Wie sich deine Zukunft soll gestalten
liegt ganz in deiner Hand,
du bist bestimmt zu walten.

Du bist es, der aus den Fehlern
lernen oder leiden kann,
und niemand hindert dich daran,
denn was du wählst, bedenke einmal,
ist Freude oder eben Qual!
Was immer du dir hast gewählt, erdacht,
wird dir geschenkt, in dein Leben gebracht,
sieh das doch ein, überlege einmal,
du hast zu lernen oder zu leiden, die freie Wahl!

AUGENBLICK

Verweile noch ein bißchen
du schöner Augenblick,
laß mich dich noch genießen,
ich fühle in dir Glück.

Ich weiß ich kann nicht halten
was Augenblicke schenken,
kann dehnen nicht die Zeit
und Augenblick nicht lenken.

Drum sag ich danke dir
für diese kurze Zeit,
wissend, daß der nächste Augenblick
für mich schon ist bereit.

Wie kurz du bist gewesen,
wie schnell du auch vergangen,
halt als Erinnerung ich dich
im Herzen eingefangen.

Und wenn ein Augenblick mal kommt,
der nicht so schön wie du,
weiß ich, daß auch ein solcher
verfliegen wird im Nu.

Kann trösten mich mit dir,
der du so schön gewesen,
weil durch Bewußtheit ich erkannt
des Augenblickes Wesen.

UMWELT ALS SPIEGEL . . .

Zu denken:

Nicht ich muß mich ändern,
das wär' zu unbequem,
der andere muß sich bessern,
dann wird es mir gut gehn,

funktioniert nicht!

Wenn im Leben etwas nicht so läuft wie man es gerne hätte, was ja hin und wieder vorkommt, dann ist es, meiner Ansicht nach, pure Zeitverschwendung, andere zu beschuldigen.

Zugegeben, es ist die einfachste Sache, immer bei den anderen die Schuld zu suchen, bringt uns aber nicht weiter. Wieviel Schuld Sie auch verteilen mögen, was immer Sie den anderen ankreiden oder vorzuwerfen haben, es wird in keinster Weise die eigene Entwicklung fördern.

Im Gegenteil, durch Schuldverteilung sind wir am besten Wege, uns der Eigenverantwortung zu entziehen. Oft kommen mir diese Menschen vor als würden sie denken: "Es geschieht Dir schon recht, wenn es mir nicht gut geht!" Würden wir nur an uns selbst modeln und formen, hätten wir genug damit zu tun und würden uns nicht verausgaben mit Kritik am anderen – was immer mit Energieverlust verbunden ist!

Eine Schimpfkanonade oder ein Streit hat noch nie auf Dauer eine Veränderung zur Folge gehabt. Weit davon entfernt. Der so Behandelte, Beschuldigte, Verurteilte verliert sein Selbstvertrauen, verliert seine Individualität, wird aggressiv und schlägt womöglich mit dem gleichen Verhalten zurück.

Na wunderbar, man hat genau das Gegenteil von dem erreicht, was man erreichen wollte. Ja, so arbeiten die universellen Gesetze. Wir bekommen im Außen immer das gespiegelt, was im Innen vorhanden ist. Es wird einem, um schneller lernen zu können, ein Spiegel hingestellt.

So wie ein Spiegel nichts anderes spiegeln kann als das, was davor steht, so kann unsere Umwelt auch nie etwas anderes sein als das, was man selbst ist. Alles und jedes was einem im Leben widerfährt ist Schule für uns, die Frage ist nur, wollen wir lernen oder wollen wir groß werden in Schuldverteilung und uns damit selbst vor der Aufgabe drücken.

ICH WEISS WER ICH BIN

Ja, ja, ich kenne mich schon,
ich weiß schon wer ich bin,
ich weiß auch wie ich bin,
du brauchst mir nichts zu sagen,
und überhaupt, das sag ich gleich,
dich hab ich nichts zu fragen.

Denn ich, ich weiß schon wer ich bin,
ich weiß auch wie ich bin,
ich kenn mich ganz genau,
ich brauch nicht deine Weisheit,
bin selbst genau so schlau.
Denn ich, ich hab über mich nachgedacht,
hab mich beobachtet und
über mich gesprochen,
hab manches Für und Wider
in meinem Herz zerbrochen.

Ich arbeite an mir,
das mußt du mir schon glauben,
und diese Illusion
laß ich mir auch nicht rauben.
Ich kenne mich schon,
ich weiß schon wie ich bin,
ich weiß auch wer ich bin,
die Diskussion mit dir
hat also keinen Sinn.

Und überhaupt frag ich dich nun,
was habe ich mit dir zu tun?
Du sagst, du seiest meine Umwelt,
als Spiegelbild mir zugedacht,
an dir soll ich mich selbst erkennen,
verzeih' wenn da mein Inneres lacht,
den Grund kann ich dir nennen:
Ich kenn mich gut, bin lieb und nett,
bin freundlich, höflich, weise,
bin weder stur noch neidisch, böse,
nicht aggressiv, nur still und leise,
ich streite nicht, werd nicht gewöhnlich,
will Friede nur, bin schnell versöhnlich.

Dies alles und noch vieles mehr
jedoch fällt meiner Umwelt schwer,
und drum kann ich, das wirst du verstehen,
kein Spiegelbild von mir
in meiner Umwelt sehen.
Ich weiß wer ich bin,
ich weiß wie ich bin,
denn ich, ich kenne mich schon,
das ist meiner harten Arbeit Lohn.

Selbsterkenntnis meinst du,
das wäre mehr als das "ICH",
wie soll ich das verstehen, sprich?
Du meinst das "ICH", das sei begrenzt,
weil Grenzen sind und Zaun gesetzt,
sei vom Bewußtsein nur ein Teil,
von Selbsterkenntnis weit entfernt,
im ICH-Sein nicht das Selbst gelernt?
Nur das Spiegelbild Umwelt
kann Bewußtsein vermehren,
Bewußtsein wiederum
wird das ICH-Bild verzerren?
Wenn dem so ist, hab ich mein Selbst
noch nicht erkannt, gefunden,
dann dreh ich nur immer
meine ICH-Zaun-Runden!

VERURTEILUNG

Wie oft im Leben ist man bereit
andere zu verurteilen in ihrem Tun,
man ist sogleich bereit zum Streit,
in uns kein Argument will ruhn.

Man wird auch ungerecht ganz schnell,
sieht alles nur aus eigner Sicht,
man glaubt sich selbst ganz ohne Fehl',
will hören nicht, was der andere spricht.

Hast du damit mal angefangen
und glaubst dich immer nur im Recht,
o Mensch, dann bist du sehr befangen,
weil du des anderen Recht machst schlecht.

So ergibt sich oft die Trennung
zwischen Menschen die sich mochten,
weil sie ohne jede Anerkennung
nur auf die eigene Ansicht pochten.

GESTRITTEN

Gestritten ist so schnell,
ein Wort fliegt durch den Raum,
die Stimme wird ganz grell,
man kennt sie selber kaum.

Und wieder fliegt ein Wort,
ein Bumerang zurück,
der Friede, der ist fort
und fort damit das Glück.

So geht es hin und her,
das heftige Gezank,
der Kopf, der wird ganz leer,
die Seele aber krank.

Worte die geschossen,
sie stehen dann im Raum,
Harmonie, sie ist verflossen,
schwer wieder aufzubau'n.

Kein Mensch kann wirklich glauben,
daß Streit ein Weg zum Glück,
auch wird er immer rauben
den Frieden, Stück für Stück.

SO WIE ICH BIN

Bist du gewillt mir die Hand zu geben,
mit mir zu wandern durch das Leben,
so nimm mich einfach wie ich bin,
nicht in der Dressur liegt des Lebens Sinn.

Versuch nicht mich in eine Form zu pressen,
mein Sein mit deinem Wollen zu messen,
laß mich dich begleiten “so wie ich bin”,
dann finden wir beide des Lebens Sinn.

EMOTION

Emotion - ein geflügeltes Wort,
Emotion - die trägt einen fort.
Läßt nicht entscheiden frei von inneren Zwängen,
nein, man verspürt ein heftig' Drängen,
man ist von Gefühlen hin und her gerissen,
Handeln und Denken lassen Überblick vermissen.

Es wird nicht frei der Kopf, das Herz,
man kann nicht denken, erleidet Schmerz.
Emotionell belastet hat oft schon gezeigt,
man leicht zu falschen Entscheidungen neigt.

Ein Urteil, emotionell gefällt,
bei klarem Kopf bestimmt nicht hält,
Worte, die emotionell gesprochen,
haben Glück - wie Glas - oft schnell zerbrochen,
drum laß von Emotionen dich nicht tragen,
weil sie dir nie die Wahrheit sagen.

VERGEBEN

Man sollte im Leben
mit Freude vergeben,
verzeihen unserem Nächsten geschwind,
weil doch das Bösesein gar nichts bringt.

Es läßt einen immer nach Rache nur sinnen,
man kann keinen guten Gedanken gewinnen,
man wird von Haßgefühlen verzehrt,
kein Gruß, kein freundliches Lächeln mehr ehrt
den Übeltäter, den Verräter, den Feind,
auch wenn er gestern noch war ein Freund.

Oft hört man dann verwegene Sprüche,
scheut nicht zurück vor Drohung und Flüche',
man macht das Leben sich selber schwer,
weil solche Gedanken von Freude leer.

Drum sollte man alles und jedem vergeben,
verzeihen - nicht böse Gedanken hegen,
damit die Sinne, die Seele, das Herz
sich fröhlich erheben - ohne Schmerz.

Der Ärger, der Gram,
der mit Feindschaft verbunden,
sie alle wären dann schnell verschwunden.
Kann man in Liebe, mit Freude vergeben,
erfüllt auch Liebe und Freude das Leben.

FRIEDE

Von Friede spricht man da und dort,
ja Friede ist das große Wort,
nur Friede soll auf Erden sein,
das wünscht sich jeder, ob groß, ob klein.

Der Wunsch ist gut, hat seine Kraft,
jedoch was wirklich Friede schafft,
das ist das eigene Verhalten,
liebevoll und harmonisch das Leben zu gestalten.

Wie oft läßt man durch Kleinigkeiten
zu Streit und Hader sich verleiten,
wie oft will man in kleinen Dingen
die eigene Meinung anderen aufzwingen.

Verletzend, kränkend trifft man der Worte Wahl,
sucht zürnend, rächend des anderen Qual,
ja hebt sogar die Hand zum Schlage,
glaubt sich im Recht, ganz ohne Frage.

Verleumdend, lügend, kritisierend,
sich vor nichts und niemand zierend,
so will der Mensch den Frieden halten,
so meint er, muß friedvoll die Welt sich gestalten.

Man braucht dann nur
für den Frieden marschieren,
gegen oder für etwas protestieren
meinen viele, fangen an,
sich daran zu gewöhnen,
statt mit Liebe und Harmonie
ihre Umwelt zu verwöhnen.

Lebst du in Friede und Harmonie
mit dir und den andern,
so kannst als wahrer Friedensbringer
du auf Erden wandern,
nur so und nie anders kehrt Friede ein,
Friede muß erst in deinem Innern sein.

Angst und Ängste

Wovor hat er Angst der Mensch,
fühlt er, daß Gott ihm zürnt?
Sein Langmut sich erschöpft,
daß ER in seiner Liebe
uns auch mal Grenzen setzt?

Wovor hat er Angst der Mensch,
Angst die nicht beschreibbar ist,
die vielfach seinen Körper,
ja auch den Geist zerfrißt.

Angst und Ängste sind es,
die sich im Menschen zeigen,
mit ihnen tanzt der Mensch
gar ängstlich seinen Reigen.

Er hält sie fest,
läßt sich von ihnen führen,
statt sich zu überlegen,
woher die Ängste rühren.

Ist es vielleicht die Angst,
von der geschwängert ist die Atmosphäre,
weil niemand hören will und sehn
der Tiere Lebensschwere?

Weil der Mensch verlor
die Ehrfurcht vor der Kreatur,
und diese züchtet, tötet
zu seiner Wohllust nur?

Das Tier klagt ihn nicht an,
dazu fehlt ihm die Sprache,
des Tieres Angst und Not
sind dann des Menschen Sache.

Die Qual der die Natur
durch Menschenhand oft ausgesetzt,
sie ist es, die als Katastrophe
die Menschen dann verletzt.

Weil Natur und Kreatur
in Angst sich förmlich winden,
kann der Verursacher Mensch
die Ruhe nicht mehr finden.

Ist es vielleicht:
weil Glaube kam abhanden,
weil uns Vertrauen nicht mehr prägt,
weil Hoffnung ging verloren
und Ehrfurcht nicht bewegt?

Der Fragen sind es viele
warum uns Ängste plagen,
drum sollte man beginnen,
die Angst zu hinterfragen.

Vielleicht sogar noch dankbar sein dafür,
weil eben diese Ängste uns öffnen eine Tür,
vielleicht sind diese Ängste
des Schöpfers helfende Hände,
weil sie uns denkend machen
und bringen eine Wende.
V i e l l e i c h t !

Wie lange noch

Die Menschen arbeiten und hetzen
und jeder will mehr,
einer fängt an und dem anderen
fällt es schwer,
nicht auch so viel
oder mehr noch zu haben,
verschwendet für dieses Ziel
der Natur Schönheit und Gaben.

Er eilt und hetzt,
zerstört und vernichtet,
weil er eben ungern
auf etwas verzichtet.
Bei diesem Tun
kommt ihm nicht in den Sinn,
daß er es tut
ganz ohne Gewinn.

Vor allem und das ist
das größte Verbrechen,
er findet kein Ende,
kein Ziel im Zerbrechen,
immer noch mehr und immer schneller
wird der Planet Erde verwüstet, zerstört,
immer noch mehr und immer schneller
wird von jedem alles begehrt.

Wie lange wird dieses Treiben
in seiner sinnlosen Hast,
in seinem Töten, Verzehren,Vernichten,
anhäufen Schuldenlast?
Wie lange wird diese Erde,
so stellt sich ängstlich die Frage,
ertragen den Mensch, diese Plage?

Wie lange hält Gott der Schöpfer
noch liebend diesen Planet,
läßt ihn nicht stürzend verglühen,
löscht aus ihn, wie vom Winde verweht,
wie lange gibt er der Menschheit
die Chance, sich wendend zu besinnen,
eine neue Ära,
ein neues Dasein zu beginnen?
Abzukehren von Zerstörung,
von Gier nach immer mehr,
hinzulenken seine Sinne,
zu Verantwortung und Ehrfurcht,
auch wenn es noch so schwer.

Aufflammen lassen die Liebe,
öffnen das Herz,
schonend und gefühlvoll,
vermeidend jeden Schmerz,
achtend Mensch und Kreatur,
ehrend und schätzend
die Vielfalt der Natur!

Besinnung ist nötig
in allen Bereichen,
wollen wir nicht
als unwürdige Verwalter der Erde weichen,
Besinnung ist nötig
in unserem Verhalten,
Einhalt gebietend
den zerstörerischen Gewalten.

Nur so und nicht anders
kann kommen die Zeit,
in der auch der Schöpfer ist bereit,
anzuerkennen unser Wollen,
zu vergeben unsere Schuld
und nicht zu grollen.
Besinnung, Besinnung,
auch wenn es noch so schwer,
nicht morgen, sondern heute,
in dem Bestreben nach immer mehr.
Nur so und nicht anders
kann die Welt bestehen
und muß nicht,
im gerechten Zorn des Schöpfers,
untergehen.

UMWELTSCHUTZ

Jeder schreit – Umweltschutz muß her
und fällt's den Menschen noch so schwer,
jeder schreit, was ist denn das noch für ein Sein,
nicht Luft, nicht Wasser hält man rein.
In die Erde wird vergraben
und ins Meer, da wird versenkt
was an wertlosen, gift'gen Dingen
uns die Industrie so schenkt.

Schrecklich, schrecklich ruft der Bürger,
ruft der kleine Mann,
hier muß Einhalt man gebieten,
weil das doch nicht gut sein kann.

Ja die großen Dinge,
die werden gern gesehen,
die riesigen Skandale,
die durch die Presse gehen,
und doch ist der Verschulder
für dieses große Tun
der kleine Endverbraucher –
mit seinen großen Schuh'n.

Der Fortschritt ist doch wichtig,
die Lebensqualität,
es wäre doch nicht richtig,
wenn man nicht alles hätt'!
Wer braucht noch eine Flasche,
die schon einmal am Weg,
etwas zu reparieren,
dazu ist man zu träg,
wer nimmt schon eine Tasche,
wenn's Plastiksäcke gibt,
selbst wenn die ganze Erde
in Plastik dann erstickt.

Ja, willst du es verbrennen,
dann wird die Luft zerstört,
und gräbst es in die Erde,
hat es Jahrhundertwert,
und wirfst du es ins Wasser,
man kann es überall sehn,
im Fluß und auch im Meer,
es gibt kein untergehn!

Man muß so vieles haben
weil es doch wunderschön,
in kurzer Zeit ist's nutzlos,
da mußt du doch versteh'n,
ich kann es nicht mehr brauchen,
was macht man dann damit,
es kommt zum Müllcontainer,
man sieht's auf Schritt und Tritt.
Und vieles wird dann noch,
weil es die billigste Art,
verteilt in der Natur
bei einer Autofahrt.

Ja, so wird schon dem Kinde
gezeigt wie man es macht,
auf unsere Umwelt achten,
das wäre doch gelacht,
das soll'n nur schön die Großen,
die Industrien machen,
denn das, was ich so wegwirf,
das sind nur kleine Sachen.

Ja, vieles könnt sich ändern
und manches müßt nicht sein,
würd jeder auf sein Umfeld achten
und dieses halten rein.
Man kann es drehn und wenden
und schreien wie man will,
nur wenn der Kleinste anfängt,
dann führt es auch zum Ziel.

Wenn jeder bei sich selbst
den höchsten Maßstab setzt,
daß Wasser, Luft und Erde
nicht weiter man verletzt,
dann haben wir die Chance,
daß unsere Erde bleibt,
und auch noch unseren Kindeskindern
ihre Schönheit zeigt.

Auch muß der Mensch bedenken,
was Industrie so schafft,
entsteht, weil man es will,
aus unserer Wünsche Kraft,
wir sind es, die da wollen,
aus vielerlei Motiven
und glauben hätt' man's nicht,
die Uhren rückwärts liefen.

Lebensraum Erde . . .

mit Sonne, Monde und Sterne

Strahl du die Wärme aus,
die Sonne uns auch schenkt,
und sei des Tages Stern,
den leuchtend Weisheit lenkt,
sei du das Licht des Mondes,
das Dunkelheit erhellt,
dann ist dein Erdenleben
ein Glück für diese Welt!

Die Erde

So sehr die Erde wackelt,
so sehr sie bebt, sich dreht,
so hoffen wir doch alle,
daß sie nie untergeht.

Wir lieben sie, die Kugel,
den runden, schönen Ball,
ist sie doch unser Lebensraum
und trägt uns durch das All.

Um sie dreht sich der Mond,
sie dreht sich um die Achse
und um die Sonne eilt sie,
damit das Leben wachse.

Mit Millionen Wundern
hat Gott sie uns geschenkt,
durch seine große Macht
wird ihre Bahn gelenkt.

Drum soll der Mensch sie achten
und ehrfurchtsvoll behandeln,
damit wir noch sehr lange
auf ihr in Glück und Freude wandeln.

Die Schönheit der Welt

Die Schönheit der Welt,
du kannst sie nicht erkennen,
wenn du von Freude leer
nur leben willst und rennen,
als ob das Hetzen alles wär.

Die Schönheit der Erde,
sie ist dir geschenkt,
damit die Freude
dein Dasein lenkt.

Nimm an das Geschenk
und erkenne darin,
sie ist der Boden,
um zu finden
deines Lebens Sinn.

SUCHE NACH DEM GLÜCK

Da geht einer hin und sucht das Glück,
hastet und eilt, legt Strecken zurück,
er sucht und sucht, geht mal hierhin mal da,
vermutet es weit weg, dann wieder nah.

Versucht dem Glück hinterher zu rennen,
schöpft alles aus, um sich glücklich zu nennen.
Er sucht das Glück im Bereisen der Welt,
glaubt Glück geb' es nur mit 'nem Haufen Geld,
dann wieder hofft er, das Glück zu erhaschen,
indem er Pläne schmiedet mitzunaschen,
mal da mal dort.

Von Unrast getrieben
sieht er das Glück nur den andren beschieden.
Je länger er hetzt und hastet,
sich nicht die Zeit nimmt und rastet,
kann er nicht finden des Glückes Spur,
endet in Enttäuschung und Müdigkeit nur.

Glück ist kein Wandergeselle!
Es gibt auf der Welt keine andere Stelle
wo Glück erreichbar, sich finden läßt,
denn – es sitzt im eigenen Herzen fest!

MORGENTAU

Ein Tropfen ist's vom Morgentau,
bitte, beuge dich und schau.
Mit seinem Glanz will er beglücken,
will Herz und Auge dir erquicken.

Wenn Sonne diesen Tropfen küßt,
ihn liebevoll und wärmend grüßt,
legt er sich an ein Farbenkleid,
in seiner Pracht ist er bereit,
sich funkelnd, strahlend dir zu zeigen,
um sich alsbald der Sonne Kraft zu neigen.

Aufopfernd gibt er sich dann hin,
hat so erfüllt den Daseinssinn.
Erquickt hat er dein Aug' nicht nur,
er labte auch noch die Natur,
des Universums Farbenpracht
hat er für kurze Zeit gebracht.

Löst er durch Sonnenkraft sich auf,
nimmt er das Nichtsein kurz in Kauf,
um morgen wieder da zu sein -
ein bißchen größer oder klein -
als Tropfen Morgentau,
bitte, beuge dich und schau.

DIE SONNE

O Sonne, Sonne wie liebe ich dich,
wie schön ist es, wenn dein Strahlen durchbricht
die Wolkendecke, die vor dir steht,
um alles zu wärmen, was unter dir geht,
alles mit Energie zu bereichern,
damit die Wärme man kann speichern,
damit man lichtvoll kann erleben
die Schönheit der Welt,
mit dem einzigen Streben,
uns glückvolle Freude zu bereiten.

Niemand braucht sich darum streiten
in deinem Kraftfeld, Strahlenfeld zu stehen,
denn deine Strahlen für alle gehen
hoch vom Himmel zur Erde nieder,
und vor allem, du kommst immer wieder.

Tag für Tag ziehst du deine Bahn,
dich, Gott sei Dank, nichts ablenken kann,
keine Macht von dieser Welt
hat die Kraft, die dich aufhält
und nochmals sage ich "Gott sei Dank",
daß ER dich bei seiner Schöpfung erfand,
o Sonne, Sonne die ich so liebe,
weil ohne dich der Tag dunkel bliebe,
weil ohne dich die Wärme nicht wär'
und ohne dich die Erde wär' leer.

MORGENFREUDE

Heute früh hat sie mich schon gegrüßt,
hat meine Stirne, Augen, Nase, Mund geküßt,
ich hab' sie wohlig warm verspürt,
war von der Wärme sehr berührt,
hab' froh ihr meinen Körper zugewandt,
verspürte ihre zarte, warme Hand.

Ich streckte ihr meine Hände entgegen,
nahm auf ihre Kraft wie einen Segen.
Wovon ich spreche, es ist in der Tat
die Sonne mit ihren Strahlen, warm und zart.
Die Morgensonne, die mir verkündet
ein neuer Tag hat sich mit mir verbündet.

Ich will ihn, strahlend wie die Sonne, leben,
diesem Tag meine ganze Zuneigung geben,
ich will ihn bejahen, lieben und erkennen,
ihn meine Schule des Lebens nennen,
lernen will ich, daß der Dinge Lauf
ist wie der Weg der Sonne,
einmal ab, dann wieder auf.

Der Mond

Der Mond, der halb oft nur zu sehen,
geviertelt, bis zur Sichel kann er gehen
und doch ist er ein Ganzes.

Der Mond, der nur des Nachts sich zeigt,
wenn alles sich zur Ruhe neigt,
er ist das kühle Licht.

Der Mond, er ist der Menschen Träume Hüter,
fängt auf das Unbewußte der Gemüter,
er ist der stille Sammler.

Und wenn der neue Tag anbricht,
verliert der Mond sein kühles Licht,
bescheiden zieht er sich zurück.

Als güt'ge Gabe, Ausdruck seines Sorgens,
legt er, im Dämmerschein des Morgens,
der Erde an ein Tränenkleid.

Und wenn der Sonne warmes Licht
in seinen Tränentropfen sich dann bricht,
enthüllt sich das verborgene Tun.
Als Ganzes, Licht, als Sammler und als Sorger
hat er der Erde Menschen so bekundet,
daß er nicht sinnlos sie umrundet.

Wenn ich am Fenster stehe

Nächtens, wenn ich am Fenster stehe
und nach dem Sternenhimmel sehe,
da geht mir vieles durch den Kopf,
ich flicht dann einen langen Zopf,
Gedanken, Wünsche, Bitten, Fragen
und horche hin, ob sie was sagen,
die Sterne hoch am Himmelszelt.

Jedoch sie bleiben still und leise
und strahlen nur nach ihrer Weise,
der eine rot, der andere blau,
so mancher gelb, doch keiner grau.
Wie schön sind sie doch anzusehen,
wenn sie so hoch am Himmel stehen.
Bin dann sehr froh, daß keine Hand
verändern kann der Sterne Stand,
daß sie mir leuchten am Firmament.

Hin und wieder hab ich gesehen,
daß Sterne auch auf Reise gehen,
sie ziehen dann, lautlos und schnell,
eine Spur am Himmel hell.
Ich hab dabei mir oft gedacht,
wie so ein Stern es möglich macht,
obwohl so viele am Himmel stehen,
kann sicher er seines Weges gehen,
da oben in der Sterne Welt.

Bald sind sie alle weggetragen
die Gedanken, Wünsche, Bitten, Fragen,
in mir wird es still
und ich zieh mich zurück,
mit Dank im Herzen über das Glück,
das ich beim Anblick der Sterne,
die mir da leuchten aus der Ferne,
erleben durfte.

Gespräch mit einem Stern

Ich such mir einen schönen Stern
und frage ihn ganz leise:
"Wärst du gern auf der Erde hier,
so nach der Menschen Weise?"
Da sagt er mir: "O Menschenkind,
wie kannst du mich das fragen,
ich stehe hier, würd Menschsein
gar nicht wagen!

Bei euch geht alles hin und her,
mit Hektik und mit Eile,
ein Durcheinander herrscht bei euch,
ihr schießt herum wie Pfeile.
Das Durcheinander eures Seins,
wo jeder jeden hindert,
wo jeder sich vor andere stellt
und dessen Dasein mindert,
wo jeder machtvoll sich erhebt,
den andern will verdrängen,
und um sich schlägt und Platz anstrebt,
um andre zu beengen,
das kann als Stern ich nicht verstehen,
würd dabei sicher scheitern!

Bei euch, da will ein jeder nur
beherrschen und besiegen,
will Schöpfer sein und manchmal mehr,
kann Ruhe so nicht kriegen.
Ein jeder ringt nach Gut und Geld
und hetzt so durch das Leben,
und sieht der Erde Schönheit nicht
in seinem wilden Streben.

Nein danke, liebes Menschenkind,
da bleib ich lieber Stern,
der stille ist und klar und rein
und leuchtet aus der Fern'.
Das Dasein anderer nicht schmälernd,
zieh' ruhig ich die Bahn,
bin glücklich und zufrieden,
daß ich dir leuchten kann.
Bei uns da gibt es keinen Krieg,
kennt jeder seinen Platz,
und nebeneinander, miteinander
sind wir des Himmels Schatz."

Inhalt

Dieses Buch ist kein Kochbuch im herkömmlichen Sinne — es soll den Leser anregen, liebgewonnene Denk- und Ernährungsgewohnheiten zu ändern, um gesünder, schöner, beweglicher, lebensfroher und aktiver zu werden — und dies bis ins hohe Alter zu bleiben.
Die Autorin führt in einfühlsamer Weise in die Zusammenhänge zwischen Körper, Geist und Seele ein. Jeder kann seine geistige und physische Leistungskraft steigern — mit der richtigen Ernährung aus naturbelassenen Zutaten und einer positiven Lebenseinstellung!

208 Seiten mit 12 ganzseitigen Farbfotos

UNIPRESS Verlag Salzburg
ISBN 3-85419-120-0

Dieser zweite Gedichtband ist eine Herausforderung an das Glück, eine Herausforderung die Flügel der Seele zu spannen und so die göttliche Quelle der Kraft in sich wachsen zu lassen.
Ein Wegweiser zu neuem Bewusstsein, zu innerer Harmonie und Freude.

UNIPRESS Verlag,
Salzburg
ISBN 3-85419-125-1

Dieser dritte Gedichtband soll Hilfe sowie Freude und Anregung sein, die neue Zeit in der wir leben besser zu bewältigen, mit den Zeichen der Zeit besser umgehen zu können und den Schöpfungswillen zu erahnen, zu ergreifen.
Die Gedichte und Texte sind Wegweiser zur Einkehr nach Innen, um die göttliche Quelle der Kraft zu erkennen.

UNIPRESS Verlag, Salzburg
ISBN3-85419-113-8

Dieses Buch zeigt auf, wie Freude und Glückseligkeit zu sprudeln beginnen, in dem man alte Muster, Gewohnheiten oder Glaubenssätze aufzugeben beginnt.
Es ruft auf, Liebe und Licht wirken zu lassen, sich der inneren göttlichen Kraft zu besinnen und damit einen Weg zur Freisetzung der Gedankenenergien einzuschlagen.

UNIPRESS Verlag, Salzburg

ISBN 3-85419-122-7

Da jeder Gedanke ein Energiepotential besitzt - und es ist erwiesen, daß es so ist -, hat jeder Gedanke eine Tendenz, sich zu verwirklichen. Somit hat alles seinen Ursprung in unserem Denken und damit in unserem Glauben.
Jesus Christus sagte: „Euch geschehe nach Eurem Glauben!"

Die „meditativen Anrufungen", ein Tagesreisepaß für jeden Tag der Woche, sollen eine Hilfe sein, sich selbst mit der göttlichen Welt zu verbinden und zu spüren, ja zu wissen, daß Hilfe und Beistand gegeben ist, wenn wir uns dafür öffnen. Vor allem aber soll der „Tagesreisepaß" dazu dienen, Friede, Harmonie, Licht und Liebe in uns weilen zu lassen und damit diese Eigenschaften auch auf unsere Umwelt auszubreiten, zu verströmen.

56 Seiten, 7 Farbbilder

UNIPRESS Verlag Salzburg
ISBN 3-85419-105-7